"《참 이상하다》 시리즈의 멋진 책들은, 어린이들이 따돌림에 대해 깊이 생각하고
따돌림을 막을 수 있도록 사회적 기술을 길러 주는 훌륭한 자료들이다."
— 트루디 루트비히, 어린이 운동가이자 베스트셀러 《따돌렸던 아이의 고백》의 저자

"나는 이 시리즈가 참 좋다. 아이들은 등장인물들에게 감정을 이입하고,
따돌림을 멈출 수 있는 자신의 힘을 깨닫게 될 것이다."
— 미셸 보바 박사, 국제적인 어린이 전문가이자 《부모 역할 해결》의 저자

"이 책은 소설과 실용서의 합이라고 할 만큼 앞부분의 소설은
아이들이 감각으로 이해하기 충분하고, 뒷부분의 지침은 아이들에게
이성적인 판단을 주기 충분하다. 최근 학교 폭력이 더욱 교묘해져서
아이들이 티 나지 않게 괴롭힘당하는 경우가 많은데, 우리 아이를 보다
행복하게 양육시키고자 한다면 이 책을 읽고 난 후, 꼭 실행해 보았으면 한다."
— 푸른나무 청예단 www.jikim.net

참 이상하다 시리즈 ❶

내가 이상해?

글 **에린 프랭클**
그림 **파울라 히피**
번역 **양승현**

참 이상하다 시리즈 ❶ **내가 이상해?**

글 에린 프랭클 | 그림 파울라 히피 | 번역 양승현

1판 1쇄 2015년 8월 17일 | **1판 3쇄** 2023년 3월 2일
펴낸이 김준성
펴낸곳 키움(경기도 파주시 회동길 325-16)
등록 2003.6.10(제18-144호) | **전화** 02-887-3271,2 | **팩스** 031-941-3273
ISBN 978-89-6274-368-5 | 978-89-6274-371-5(세트)

Copyright ⓒ 2015 by Kiwoom Publishing Co.
Original edition published in 2012 by Free Spirit Publishing Inc., Minneapolis, Minnesota, U.S.A., http://www.freespirit.com under the title **Weird!**
All rights reserved under International and Pan-American Copyright Conventions.

이 책의 한국어판 저작권은 Icarias Agency를 통해 Free Spirit Publishing Inc.과 독점 계약한 도서출판 키움에 있습니다.
저작권법에 의하여 한국 내에서 보호를 받는 저작물이므로 무단전재와 복제를 금합니다.

※잘못된 상품은 구입하신 서점에서 교환하실 수 있습니다.

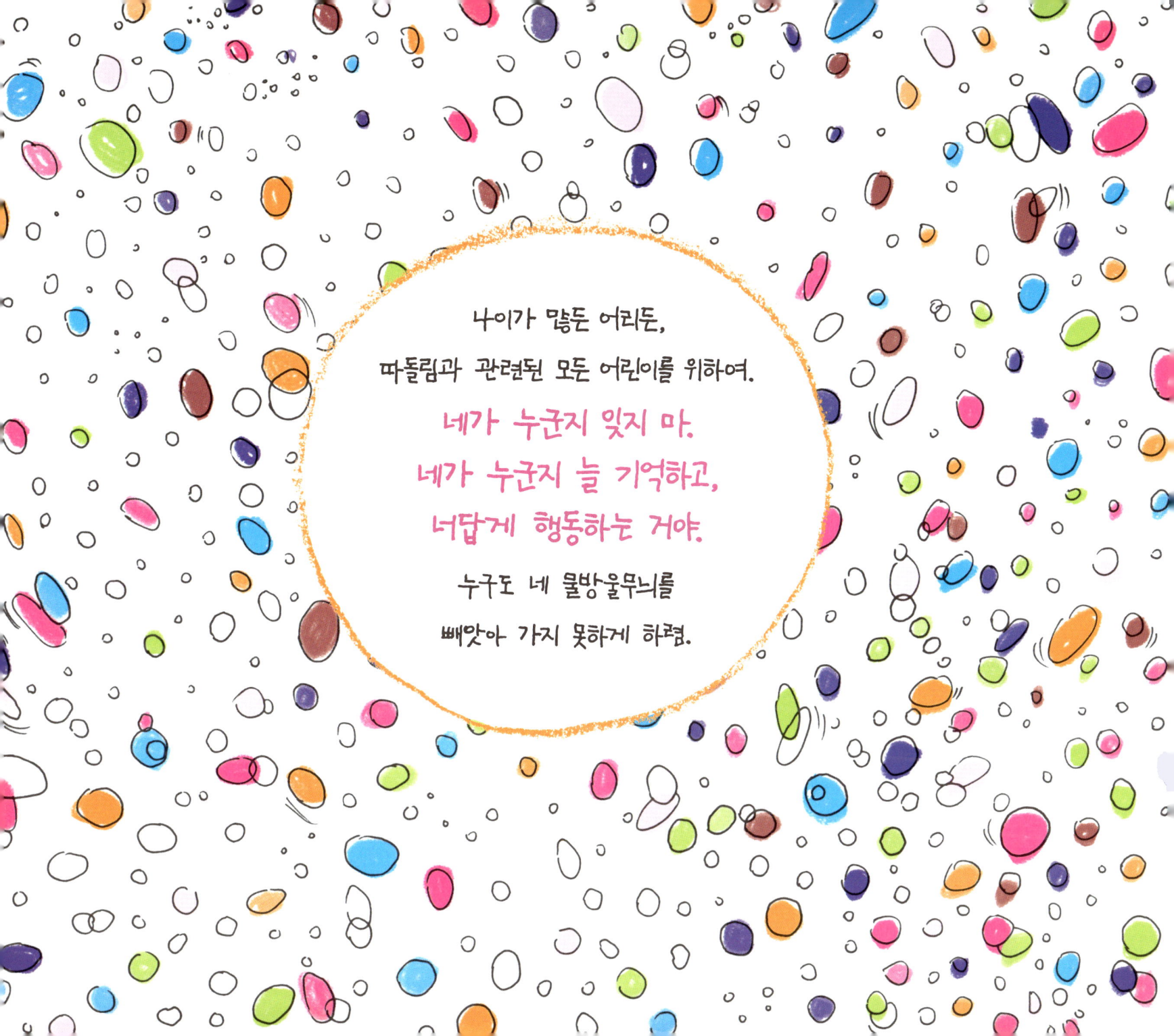

나이가 많든 어리든,
따돌림과 관련된 모든 어린이를 위하여.

네가 누군지 잊지 마.
네가 누군지 늘 기억하고,
너답게 행동하는 거야.

누구도 네 물방울무늬를
빼앗아 가지 못하게 하렴.

안녕? 내 이름은 **루이자**야. 난 고민이 있어.
우리 반에 샘이라는 여자애가 있는데,
걔는 내가 하는 것마다 **다~~~**

이상하대!

점심시간에 내가 재밌는 **농담**을 하잖아?
그럼 **샘이 불쑥 나타나서는**……,

학교가 끝나고 엄마가 날 데리러 오면 난 **엄마한테 뽀뽀를 해**.
그럼 **샘은 또**,

이상하대!

엄만 그냥 차 안에서 날 기다려야 하나 봐.

내가 아빠한테 **스페인 어**로 뭔가 말하잖아?
그럼 샘은 **이상하대!**

앞으로는 "안녕, 아빠?"라고만 해야 하나 봐.

샘은, 내가 가장 좋아하는 **물방울무늬 장화**를 신어도 **이상하대!**

그런데 말이야.
나는 샘이 이상하다고 하는 것마다
바꾸고 있는데,
샘은 하나도 바뀌지 않아.
그거야말로 이상하지 않니?

샘은 언제나 내가 이상하대.

샘이 아는 낱말이라고는 "이상해!" 밖에 없고,
내가 아는 낱말이라고는 아무것도 없는 것 같아.

다들 원래 **내 모습**을 보고 싶어 하는데…….
나도 원래 **내 모습**을 되찾고 싶은데…….

이걸 누구한테 털어놓지?

뭐라고 말할까?

내가 뭘 잘못했다고 이런 일을 당하는 걸까?

그냥 모든 게 **사라졌으면** 좋겠어.

"내가 네 장화 찾았어."

엄마한테 말하고 나서 곰곰이 생각해 봤어.
**내가 한 가지 더
바꿀 때가 온 것 같아.**

나는 점심시간에 다시 웃긴 농담을 하면서 친구들이랑 웃었어.
샘이 이상하다고 해도 난 계속 웃었지.

수학 시간에 정답을 맞히면 활짝 웃으며 소리쳤어.

나는 진짜 **놀라운 사실**을 알아냈어.

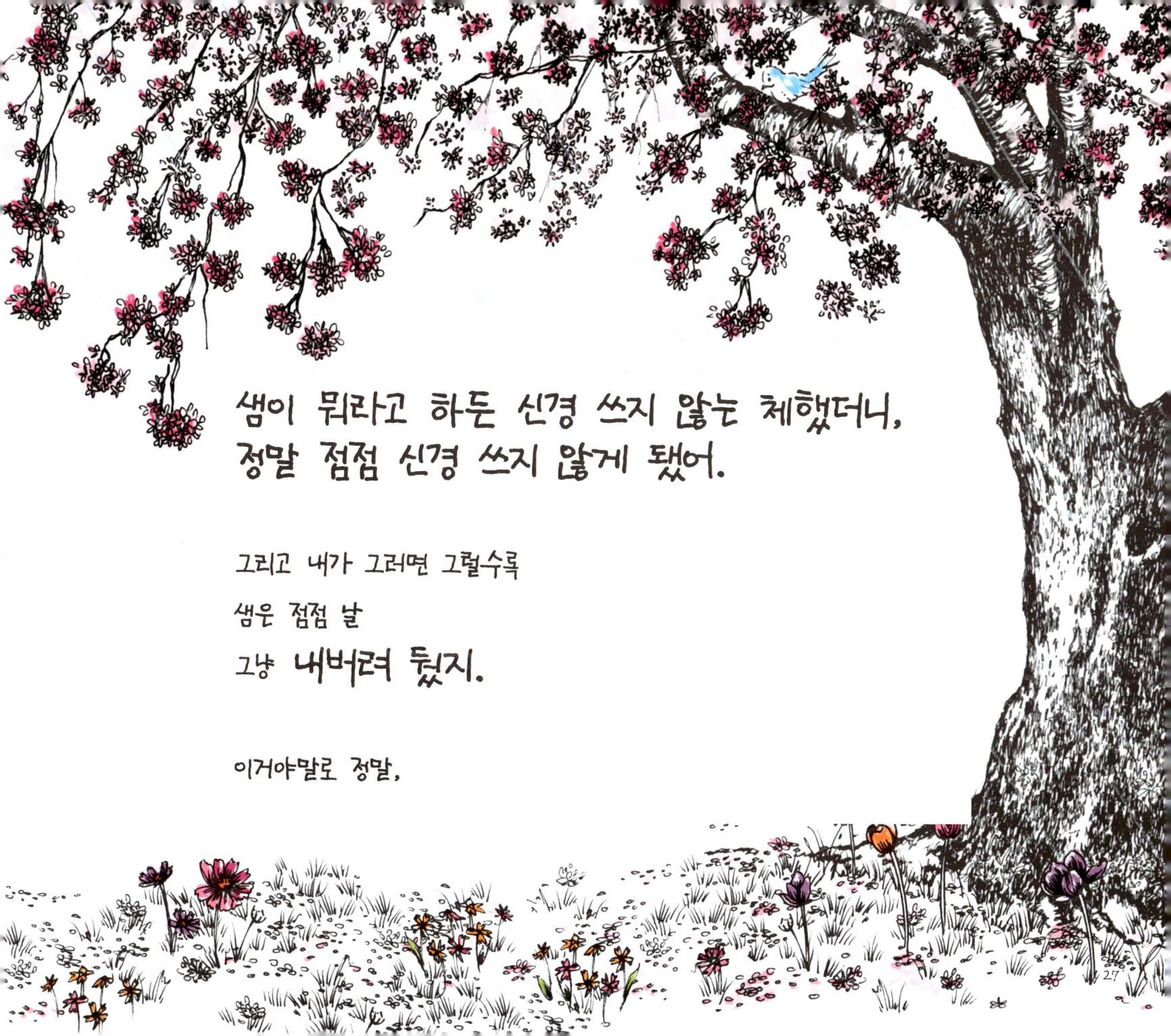

샘이 뭐라고 하든 신경 쓰지 않는 체했더니,
정말 점점 신경 쓰지 않게 됐어.

그리고 내가 그러면 그럴수록
샘은 점점 날
그냥 **내버려 뒀지.**

이거야말로 정말,

지금부터 나는 그냥 내가 될 거야!

루이자의 노트

내 물방울무늬(물론 하나도 이상하지 않아!)를 되찾을 수 있어서 얼마나 기쁜지!
내 소중한 것들을 지키려면 몇 가지 기억할게 있어.

+ **불**안하거나 겁먹거나 슬퍼질 때, 나는 긍정적인 생각을 할 수 있어.
+ **나**뿐만 아니라 누구든 안전하고 존중받을 권리가 있어.
+ **누**군가 나를 따돌린다고 해서 그게 내 잘못은 아니야.
+ **내**가 부탁하면 언제든 나를 도와줄 사람이 틀림없이 있어.
+ **나**의 특별함을 빼앗을 힘을 누구에게도 줘선 안 돼!

샘의 노트

전에는 "이상해."라는 말 한마디로 루이자를 괴롭힐 수 있었어. 그런데 요즘 루이자는 왠지 행복하고 자신 있어 보여. 그런 점 때문에 난 이제 터프한 척 못 하겠어. 그리고 몇 가지를 생각하게 됐지.

+ **나**한테 신경 쓰지 않는 애를 괴롭히는 건 재미없어.
+ **내** 잘못을 인정하는 건, 어렵긴 해도 충분히 해 볼 가치가 있어.
+ **루**이자가 자신 있게 행동하기 전까진, 내가 루이자보다 세다고 생각했어.
+ **누**군가를 따돌린다고 해서 내가 원하는 걸 얻을 순 없어.
+ **다**른 사람들이 루이자 편을 들어 주니까, 그제야 나는 한 발 물러서서 내가 뭘 하고 있나 생각하게 됐어.

제일라의 노트

루이자가 원래 모습으로 돌아와서 기뻐. 이제 누가 따돌림당하면 나는 감히 편들어 줄 수 있어. 내가 따돌림을 지켜보기만 할 때 배운 점이 몇 가지 있어.

+ **옳**은 일을 하는 건 처음에는 어렵더라도, 결국에는 언제나 기분 좋은 일이야.
+ **다**른 사람에게 도움을 구하는 것과 그러지 않는 것은 엄청난 차이를 만들어.
+ **진**정한 우정은 서로의 편이 되어 주는 거야.
+ **루**이자가 자신감을 느끼도록 북돋아 주니까 샘이 루이자를 따돌리지 못하게 됐어.

루이자의 자신감 클럽에 들어와!

자신 있게 행동하는 게 쉽지는 않아. 하지만 연습할수록 잘하게 될 거야.
정말 간단한 변화 몇 가지만으로도 충분히 자신 있어 보일 수 있단다.

★ 어깨를 쭉 펴고, 고개를 꼿꼿이 들고, 당당히 서.

★ 땅바닥을 보지 말고, 다른 사람들의 눈을 봐.

★ 사람들이 알아들을 수 있도록 분명하게 말해.

★ 네가 웃고 싶으면 언제든지 활짝 웃으렴.

★ 뭔가 언짢은 일이 일어나면, 돌아서서 조용히 그 자리를 떠나.

★ 나쁜 아니라 누군가에게 도움이 필요하면 어른에게 말해.*

자신감이란
너 자신과 네 능력을 믿는 거야.

*말하기와 고자질

아무도 고자질쟁이가 되고 싶진 않아.
하지만 코를 파는 것처럼 사소한 걸
고자질하는 것과 **누군가 도움이 필요할 때**
어른에게 말하는 것은 아주 달라.
만약 네가 따돌림당하고 있다면,
너도 누군가가
널 도와주길 바랄 거야.
그렇지?

34

난 겉보기에만 이렇게 달라진 게 아니야.
마음속으로도 달라지고 있지.
초조해지는 나쁜 생각 대신,
침착하고 자신감이 생기는 좋은 생각을 하는 거야.
샘이 가까이 있을 때 내 머릿속 생각들을 알려 줄까?

"샘이 하는 말은 안 듣겠어. 그냥 지나가자."

"샘이 내 하루를 망치게 하지 않을 거야."

"나는 침착하고 자신 있어."

"샘이 뭐라고 생각하든 내가 걱정할 필요는 없지."

"많은 사람이 내 모습 그대로를 좋아해."

"내가 필요하면 언제든 도움을 구할 수 있어."

자신 있어 보이는 다른 방법들을 생각해 볼래? 그리고 친구들과 이야기를 나눠 보렴.

 **자신감 클럽** 생각 바꾸기

나쁜 생각을 좋은 생각으로 바꿀 수 있도록 도와줄래?
생각보다 쉽단다!

1. 종이에서 동그라미 8개를 오려. 그것들이 너의 물방울무늬야.

2. 본문에서 내가 했던 부정적 생각 4개를 찾아서 물방울무늬 4개 위에 그걸 써 봐.

3. 각각의 나쁜 생각을 뒤집는 좋은 생각을 찾아서 다른 물방울무늬 4개에 쓰는 거야. 그리고 좋은 생각의 물방울무늬를 예쁘게 색칠하고 꾸며 보렴.

4. 이제 나쁜 생각을 썼던 물방울무늬들은 쓰레기통에 던져 버려.

5. 좋은 생각을 쓴 물방울무늬로 방을 꾸며 보렴. 모빌을 만들거나 누군가에게 카드를 만들어 줘도 좋아.

그런 다음, 나쁜 생각이 좋은 생각으로 바뀔 수 있도록 스스로 노력해 봐.

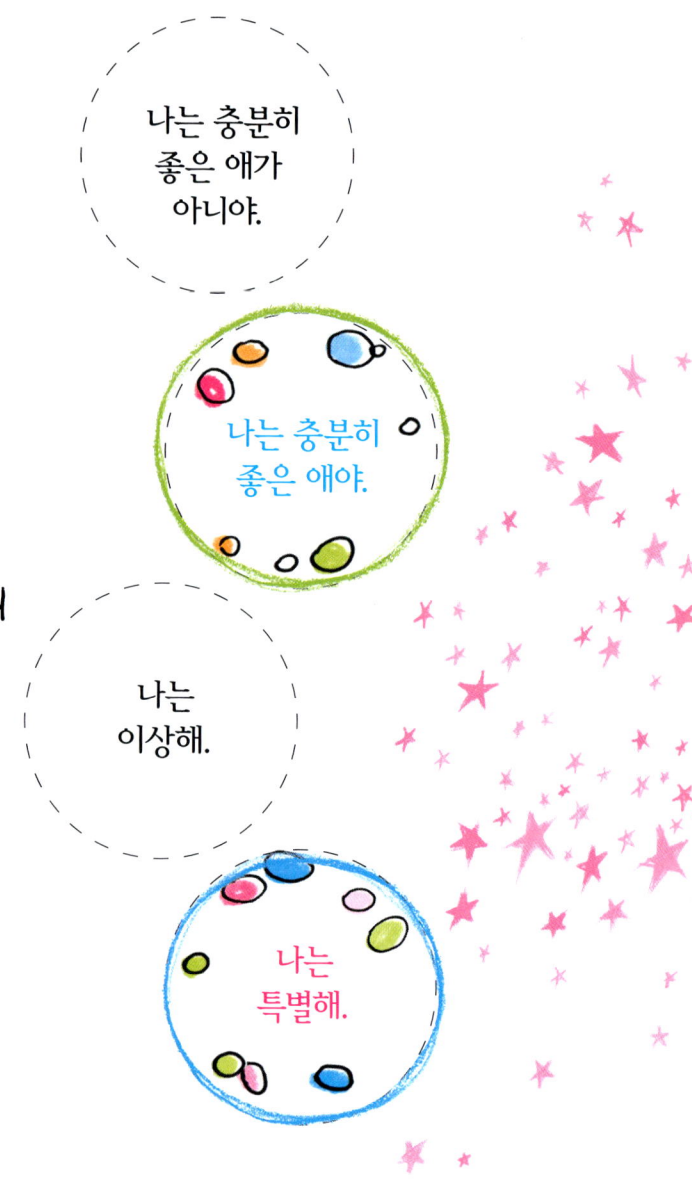

자신감 클럽  옳은 방향으로 한 걸음

처음에는 내 물방울무늬 장화를 다시 신는 게 겁났어. 샘 옆을 지나갈 때 샘이 뭐라고 할지 걱정됐거든. 하지만 내가 샘을 지나쳐 나를 아껴 주는 사람들 쪽으로 걸어가는 데만 집중했더니, 그리 어렵지 않았어. 옳은 방향으로 한 걸음씩 가면 되는 거야.

그리고 하나 더! 누군가 옳은 방향으로 걸어가기 위해 네 도움이 필요할지도 모른다는 생각은 안 해 봤지?
네가 배려하는 걸 보여 주기 위해 포스터를 만들어 보지 않을래?

1. 포스터 도화지 꼭대기에 '옳은 방향으로 한 걸음'이라고 써.

2. 포스터 도화지에 네 양발을 대고 두 번씩 따라 그려.
   그리고 마지막 발자국 옆에 네 모습을 그려.

3. 네 발자국 안에 다정한 말들을 쓰거나 그리거나 붙여.
   이 책에 있는 다정한 말들을 써도 좋아.

4. 그 포스터를 친구에게 주렴. 그 친구가 심술궂은 누군가를 지나쳐
   자기를 아껴 주는 친구, 즉 너에게로 걸어올 수 있도록 보여 주는 거야.

우리 자신감 클럽에서 할 만한 재미있는 활동들을 더 생각해 볼래? 그리고 친구들과 이야기를 나눠 보렴.

그 물방울무늬
참 예쁘구나!

네 재미난 농담이
듣고 싶어.

그건 네 잘못이
아니야.

너는 있는 모습
그대로 멋지단다.

 부모, 교사, 그리고 아이들을 돌보는 어른들을 위한 지침

놀리기, 위협하기, 창피 주기, 얕잡아 보기, 비웃기, 나쁜 소문 내기, 인종 차별하기 등… 날마다 수많은 아이가 따돌림을 당하고, 더 많은 아이가 그 모습을 지켜봅니다. 특히 말로 하는 따돌림은 유치원 시절부터 시작되는데, 따돌리는 유형의 70퍼센트나 차지하지요. 이것은 신체적, 관계적, 온라인 따돌림 등 다른 형태의 공격으로 나아가는 징검다리가 되기도 합니다. 말로 하든 글로 쓰든, 상처 주는 말은 듣는 아이들이 자아 개념을 깎아 먹습니다. 두려움과 부끄러움을 느끼고 자신감을 잃게 하지요. 아이들을 돌보는 어른으로서, 우리는 어떻게 아이들이 스스로 안전하고 존중받는다고 느끼게 할까요? 어떻게 해야 아이들이 자신감을 가질까요?

친구를 따돌리는 아이에게 자신의 행동을 설명하게 하세요. 그리고 바람직한 행동을 따라 하거나 선택할 수 있도록 도와주세요.
따돌림을 당하는 아이에게는 긍정적인 생각과 자신감을 갖도록 실질적인 대처 방법을 알려 주세요.
따돌림을 보고만 있는 친구들에게는 따돌림당하는 아이들의 편에 서도록 안전하고 효율적인 방법을 알려 주세요. 《내가 이상해?》와 같은 책은 루이자처럼 따돌림을 당하는 아이가 어떻게 주변에 도움을 청하는지, 또한, 어떻게 자기 내면과 이야기를 나누어 자기를 괴롭히는 아이들에게 맞설 수 있는지 알려 줘요. 아주 작은 생각과 행동의 변화만으로도 아이는 자신감을 얻고, 따돌림에 대처할 수 있답니다.

《내가 이상해?》를 읽고 나서

《내가 이상해?》는 비록 꾸며낸 이야기지만, 많은 아이가 처한 현실이기도 해요. 물론 실제 경험은 조금씩 다르겠지만요. 이 책을 읽고 나서, 아이들과 다음 활동들을 해 보세요. '왕따'에 대해 생각하고 이야기 나누도록 말이에요. 이 책의 등장인물과 처한 상황을 연결하면 아이들이 이해하기 더 쉽겠지요? 즉, 루이자는 따돌림의 대상, 제일라는 따돌림의 방관자, 샘은 따돌림을 일으키는 아이예요.

중요 사항 : 스마트폰과 컴퓨터 사용이 늘어나면서, 온라인 따돌림(사이버 따돌림)은 초등학생들 사이에서 실제적인 위협이 되고 있어요. 좀처럼 눈에 띄지 않기 때문에 가장 멈추기 어려운 따돌림 유형이기도 하지요. 아이들과 따돌림에 관해 이야기를 나눌 때, 사이버 따돌림에 대해서도 반드시 함께 이야기해 보세요.

1쪽 : 루이자는 지금 어떤 기분인가요? 루이자는 왜 그런 기분이 들었을까요?

2~11쪽 : 루이자는 같은 반 샘이 자기에게 이상하다고 할 때 어떻게 했나요? 왜 그렇게 했을까요? 다른 등장인물들은 누구인가요? 샘이 루이자를 따돌리는 동안 그 사람들은 무얼 했나요? 누군가 그런 따돌림을 당하는 걸 본다면 여러분은 어떻게 행동할 건가요?

12~13쪽 : 루이자는 "샘이 아는 낱말이라고는 "이상해!"밖에 없고, 내가 아는 낱말이라고는 아무것도 없는 것 같아."라고 말했어요. 왜 그렇게 생각했을까요?

14~15쪽 : 14쪽에 있는 루이자의 모습은 어때 보이나요? 두 페이지의 등장인물들은 누구고, 그들은 왜 중요할까요?

16~17쪽 : 루이자는 도움을 구하는 게 어려웠나요? 왜죠? 만약 여러분이 따돌림을 당한다면 여러분은 누구에게 도움을 구할 수 있나요? (아이들은 따돌림을 당하는 동안, 누구에게 도움을 구할지, 또 뭐라고 말할지 모르기 때문에 조용히 고통받아요. 심지어 자신이 따돌림당할 만하다고 생각하기도 해요. 다른 사람들이 믿어 주지 않거나, 곤란한 상황에 부닥치거나, 따돌리는 아이가 앙갚음할지도 모른다고 걱정하기도 하지요. 그러나 도움을 청하는 건 어렵지만 중요한 일이에요. 그러니 따돌림이 끝날 때까지 계속 주변에 도움을 구하라고 아이들에게 알려 주세요.)

18~19쪽 : 제일라는 18쪽에서 루이자의 장화를 어떻게 해 주었나요? 루이자가 전에 자신에 관해 써 내려간 안 좋은 생각들은 무엇이었나요? 루이자는 왜 그렇게 생각했었나요?

> **메모** : 36쪽의 활동은 아이들이 어떻게 부정적인 생각을 긍정적인 생각으로 바꿀 수 있는지 알려 줘요.
> 복잡한 과정일 수도 있지만, 단계별로 잘 지도해 주세요.

20~21쪽 : 복도에 있는 사람들은 루이자에게 뭐라고 말하고 있나요? 루이자는 어떤 기분일 것 같나요? 그 모습을 본 샘의 기분은 어떨까요?

22~25쪽 : 루이자는 무엇이 달라졌나요? 샘은요? 샘은 왜 아이들을 따돌릴까요? 다른 아이들은 왜 샘의 편에 섰을까요? 따돌리는 건 왜 나쁜가요?

26~31쪽 : 루이자가 알아낸 것은 무엇인가요? 더 자신 있어 보이려면 무엇을 해야 할까요? 그것들을 연습해 보아요.

전체적으로 : ≪내가 이상해?≫에 나오는 등장인물 가운데 나와 가장 닮은 사람은 누구인가요? 왜 그런가요? 그 등장인물에게 하고 싶은 말이 있다면 무엇인가요?

⭐ 〈참 이상하다〉 시리즈

〈참 이상하다〉 시리즈는 아이들이 따돌림에 대한 세 가지 관점을 탐험해 볼 수 있게 합니다. 즉 《내가 이상해?》에서는 따돌림의 대상이 된 아이, 《내가 어떻게!》에서는 따돌림을 지켜보는 아이, 《난 터프해!》에서는 따돌림을 하는 아이의 관점이지요. 아이들이 따돌림에 대해 생각하고 토론할 수 있도록 각 책을 활용해 보세요.

시리즈 활동 | 누구나 역할극

따돌림을 없애려면 우리 모두 어떻게 해야 하는지 아이들과 이야기해 보세요. 가족, 선생님, 반 친구들이 도와주었을 때, 루이자가 원래 자기 모습으로 돌아가는 것이 어째서 쉬웠는지 생각해 보아요. 소그룹이나 반 전체 아이들이 함께 루이자의 이야기로 역할극을 해 보세요.

시리즈 활동 | 기억할 만한 순간

종이를 세 칸으로 나누어 각 부분에 이 책의 제목들 《내가 이상해?》, 《내가 어떻게!》, 《난 터프해!》를 써 붙여요. 그리고 각 부분에, 각 책에서 가장 중요한 순간을 그려 보아요. 친구들에게 그림을 보여 주면서 왜 그 부분이 가장 중요하다고 생각하는지 이야기를 나눠요.

시리즈 활동 | 용기 동그라미

사람들의 어떤 용감한 행동들이 루이자, 제일라, 샘에게 변화를 가져왔을까요? 커다란 종이 동그라미를 게시판에 붙여 놓고, 가운데에 '용기 동그라미'라고 써요. 그 옆에 알록달록한 물방울무늬, 별, 하트 등이 채워진 바구니를 두어요. 주변에서 따돌림을 막거나 멈추게 하는 용감한 행동을 볼 때마다 동그라미에 모양들을 붙이게 하세요.

시리즈 활동 | 다음엔 무슨 일이?

《내가 이상해?》, 《내가 어떻게!》, 《난 터프해!》……. 다음엔 무슨 일이 생길까요? 다음 책에서는 등장인물들에게 어떤 일이 일어날지 상상해 보아요. 주요 등장인물인 루이자, 제일라, 샘뿐 아니라 주변 인물인 에밀리, 토마스, 페트릭, 윌, 선생님, 샘의 오빠 알렉스도 모두 상상해 보아요. 그리고 각자의 책에 제목을 붙이고 이야기의 장면들을 그려 발표해 보아요.

작가와 화가에 대하여

작가 에린 프랭클은 영어 교육으로 석사 학위를 받았고, 가르치는 것과 글 쓰는 것을 무척 좋아해요. 알라바마에서 ESL(English as a Second Lanuage : 영어가 모국어가 아닌 아이들에게 영어를 가르치는 반) 아이들을 가르치다가, 남편 알바로와 세 딸(가브리엘라, 소피아, 켈시)과 함께 스페인의 마드리드로 이주했어요. 선생님은 따돌림당하는 게 어떤 기분인지 겪어 봐서 알기 때문에, 따돌림과 관련된 아이들에게 웃음을 되찾아 주고 싶어서 이야기를 썼어요. 선생님과, 선생님의 오랜 친구이자 화가인 파울라는, 모든 어린이는 안전하고 사랑받는다고 느끼며 자신감을 가져야 한다고 믿어요. 선생님은 틈날 때마다 강아지 벨리와 함께 산에 오르는 걸 좋아해요. 또한, 선생님의 고향인 뉴 저지의 메이스 랜딩에서 카약을 타는 것도 무척 좋아하지요.

화가 파울라 히피는 패션업계에서 패턴 디자이너로 일하고 있어요. 후후 불어서 만드는 유리 공예부터 신발 제작에 이르기까지 다양한 분야의 예술을 다 좋아하지만, 가장 좋아하는 건 그림 그리기랍니다. 선생님은 친구인 작가 에린이 어릴 적 따돌림당했던 이야기를 쓴 글을 보고 그림을 그리게 되었어요. 루이자의 모습을 종이에 옮기면서, 선생님은 인생의 진로가 결정되는 느낌이었지요. 뉴욕의 브루클린에 사는 선생님은 어린이들의 마음을 환히 밝혀 줄 작품을 그리고 싶답니다.

미국 청소년 심리 상담사들이 추천하는 어린이 따돌림 예방 그림책!

따돌림을 둘러싼 서로 다른 세 아이의 이야기!

❶ **내가 이상해?** – 왕따를 당하는 루이자의 이야기
❷ **내가 어떻게!** – 왕따를 지켜보는 제일라의 이야기
❸ **난 터프해!** – 왕따를 시키는 샘의 이야기

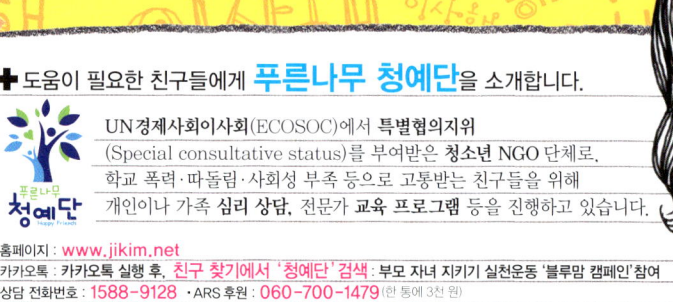

✚ 도움이 필요한 친구들에게 **푸른나무 청예단**을 소개합니다.

UN경제사회이사회(ECOSOC)에서 **특별협의지위** (Special consultative status)를 부여받은 **청소년 NGO 단체**로, 학교 폭력·따돌림·사회성 부족 등으로 고통받는 친구들을 위해 개인이나 가족 **심리 상담**, 전문가 **교육 프로그램** 등을 진행하고 있습니다.

- 홈페이지: www.jikim.net
- 카카오톡: 카카오톡 실행 후, **친구 찾기에서 '청예단' 검색** : 부모 자녀 지키기 실천운동 '블루맘 캠페인' 참여
- 상담 전화번호: **1588-9124** · ARS 후원: **060-700-1479** (한 통에 3천 원)

내가 뭘 잘못했다고 나한테 이런 일이 생기는 거지?